כמה

אם לא אדבר לא שהיה כאן
מהלך בעפר אל עפר
גם בין הבנין
העץ כאן
לא יהיה אם לא אמר
עץ לבד
דרו לבד, מנסה עלי
ה[illegible]רו, הטובה
ש[illegible] במים.

אם לא אדבר
איש לא ישמע כאן
לא יראה, לא יאמר
בכבוד העובר:
על גבעה לבנה בדרך איש
מהלך בעפר אל עפר
מדבר
עובר.

Tuvia Rübner · Wüstenginster

Tuvia Rübner

Wüstenginster

Gedichte

Herausgegeben,
aus dem Hebräischen übersetzt
und mit einer Nachbemerkung
von Efrat Gal-Ed und Christoph Meckel

für Ruthili
in Liebe
Deine Efrat
1.X.1990 Vaduz

Piper
München Zürich

Die Gedichte wurden in Übereinstimmung mit Tuvia Rübner ausgewählt und folgenden bei Sifriat Poalim und Hakibbuz Hameuchad erschienenen Bänden entnommen: *kol od* (Solange noch), S. P. 1967; *ejn lehaschiw* (Unwiederbringlich, Antwortlos), S. P. 1971; *schemesh chazoth* (Mitternachtssonne), S. P. 1977; *pessel umassecha* (Bild und Maske), H. H. 1982. Die Gedichte »Und bis in den hellen Tag«, »Wildes Meer, versteint« und »Jetzt, am Ende« waren bisher unveröffentlicht.

ISBN 3-492-02426-2

Gesetzt aus der Aldus-Antiqua
Gesamtherstellung: Kösel, Kempten
Printed in Germany

Der über den Tisch Gebeugte
setzt Buchstabe an Buchstabe
die Hände brennen

Blühende Bäume violett und gelb

das Land, der Staub, die Bäume
der Staub

in der Luft die Asche

der über den Tisch gebeugt ist

Rette Gott meine Seele vor der Sprache des Betrugs
vor den Zungen der Lüge

Meine kleine Schwester wacht und schläft
und plötzlich, Feuer ging durch mich.

Ich saß über den Tisch gebeugt. Weiße Buchseiten.
Buchstabe, Buchstabe, meine Augen tasten durch Asche.

Angelus Novus

Mein Gesicht ist in meinem Nacken. Vor meinen Augen
Trümmerhaufen, Trümmerhaufen.
Kleine Hoffnungen flogen fort, versengt,
fielen in die Finsternis.
Ich bin davongekommen.
Ich stieg auf.
Wurde wieder geboren
durchsichtig wie Rauch.

Die stumme Zeit
weht aus dem Baumgarten der Kindheit,
drängt mein hartnäckiges Herz,
breitet meine Flügel aus.
Nach hinten gestoßen, Kommendem entgegen.
Wann kommt, der mein Augenfeuer löschen soll.

Diese Stadt

1

Auf den Felsen gefesselt

Auf den Felsen gefesselt, Feueropfer
besudelt von Licht
voll von Tönen diese Stadt
Mauer vor Mauer
ein Turm dünner Schrei
grauer Wind der Oliven
zwischen Bergen zerrissen Stadt des Flügels
verlangt zu fliegen
aus der Röte ihrer Ewigkeit
gefangen
in Toren, die springen auf, wenn der Tag sich neigt
springen auf springen auf

Brandmal in der schwarzen Hand des Engels

2

Stein will fließen

Stein will fließen
Ölbaum versteinern

der Kirchen Wunsch ist zu fliegen
eine Wolke sitzt auf dem Tempelberg

Sonnen kreisten draußen, wurden zu Dorn
Kriege gingen hindurch und wurden Träume

Schatten, heiter, gehn umher
Stille des Ortes Glocken Glocken

Steine fließen
Ölbaum ist Stein

der Schlafende wachen Herzens weiß in der Nacht
diese Stadt steigt auf im Mond zu treiben

3

Tag wie Nacht wie

Tag wie Nacht wie Sonne
stimmloses Weinen diese Stadt wo
wir im Traum sind, wie wirklich gesät ist das Licht
läßt Steine erstarren Steine
wie Ewigkeit Fels ist die Stadt
Häuser Höhlen wie
Ruinen wie Kiesel wie Staub zermahlen Wind
als wären wir hier
Tag oder Nacht
wie ohne Stimme, wie Traum wirklich waren wir hier
laufend in der Stadt Erinnerung stumm
ein Weinen, Gassen versunken
dunkler Eingang warte
verschwinde nicht
einen Augenblick, nur einen wie
lebend

4

Himmel still und offen

Himmel still und offen
über der Stadt sie war das Gut Gottes
über der Stadt sie war das Gut
über der Stadt sie war
Himmel offen und still

Danach

1

Erde warf man auf ihre großen Augen
Steine auf ihren Hals
und die zarte Gestalt, langsame Flamme, wurde zum häßlichen
kleinen Körper, eingebunden in Weiß
wie ein Vogel, dem man die Flügel festband
und jagte ihn, daß er flog, und jetzt ist er Stein
unter Steinen, am Tag, der hadert mit seinem Licht
und ihre Stimme, die offenbarte das Herz
von Dorn und Distel
scheint verborgen im Herzen von Dornen und Disteln
und sagt nichts.

2

Ich stellte mir vor, es sind
verschiedene Weisen zu sehen. Im Herzen log ich
daß etwas Schönes im Tod sei. Reiße ich auf
kommt Kälte. Manchmal
steht sie, im Traum, und schaut, ein Schatten
aus vorübergleitenden Augen, Schatten
meine Lippen sind bitter
ich sage nichts, sage nicht
irre, verirre mich in ihrem Echo
hungriger Frühling
bricht aus, begehrt, überwältigt, Sonne flutet über Grün.

»Grün bin ich und gesättigt wie ein Lied, das durch Gras ging
von gestern und vorgestern bin ich, aus einem Wald,
dort lernte ich atmen.«
Danach
der Lärm, die runterfallende
Erde, danach

Gedächtnis

In der Dunkelkammer das Herz
entwickelt
eine Welt voll Farben.
Wieder die ruhlose Erwartung.

Zwischen den Eisenbahnschienen steigt Grün auf, das zarte
lichte, unwissend, bewegt
kleine Flügel, wie um zu fliegen, schleicht sich
zu jedem Riß hin, plötzlich grau.

Tausendstel Sekunde: ein Mensch in der Luft
(Fenster des stürzenden Hauses – Schein von Flammen)
wie Vogel, betrunken, schwarz. Aber die Menge
auf der Straße unten, das Blut fließt in allen Farben.

Dann ein Mädchen, gehüllt in ihr Haar wie in Feuer
vorm Hintergrund des knochenfarbenen Himmels.
Sie ist da, wie in Glas gefangen.
Komm, Leichte, Wolke, steh auf, geh hinaus!

Dann alle, die man kaum unterscheidet
vom Wind. Farbflecke
verblassen, verfliegen im Dunst, ein geneigter Hals
eine Abschiedshand in der Luft.

Rauchhimmel violett, dann gelb
fallen auseinander. Die Liebenden
fliegen, Falter aus Asche.

Dann ist der Film rein.
Geschah, was geschah?
Geschieht es noch?

Bleib, wenn du kannst

Bleib, wenn du kannst
in den braunen Wäldern
leg deine Stirn an die Stämme

erinnere dich nicht an die Schritte
des Verfolgten im Wald, wenn du kannst
hör dem Specht zu

Blätter bedecken
sie entfalten sich
es sind schon Knospen im Land zu sehen

denke daran, wenn du kannst
daß Frühling ist. Jetzt atmest du noch
in den braunen Wäldern.

Dort, sagte ich

Ich verließ mein zeitweiliges Haus
meinen Söhnen zu zeigen, woher ich kam.
Dort, sagte ich, lag ich am Boden
Stein unterm Kopf, flacher als Gras
gleich dem Staub der Erde
alles bewahrt.

Wir fuhren durch Berge, Wälder und Städte, sie waren Höhlen
Wasser staute sich auf dem Weg, schlechte Straßen
der Wagen sprang über Löcher.

Was ist die süßliche Luft, fragen die Söhne.
Was ist der Mörtel, der von den Mauern fällt?

Macht nichts, sagte die Alte am Fenster.
Hier ist die Zukunft vergangen,
und schloß ihre trocknen Augen
wie ein Vogel, der faltet die Flügel im Flug und stürzt.

Hier bin ich geboren, sagte ich den Söhnen.
Meine Eltern und Vorfahren sind hier geboren.
Man wird geboren.
Hier gab es ein Haus, sagte ich den Söhnen
und der Wind fuhr zwischen mich und die Worte.

Ich ging, den Söhnen zu zeigen, woher ich kam, und wann
essen wir, fragten meine Söhne, und wo
schlafen wir.

Maryan

Sehr wenig ist noch zu sagen.
Weniger als wenig.
Der Mensch ist aus Gliedern ohne Rumpf gemacht.
Der Mensch ist aus einem Rumpf ohne Glieder gemacht.
Der Mensch ist aus Löchern gemacht.
Aus den Löchern fließt Dreck.
Der Mensch ist aus einem Schrei gemacht.
Kein Schrei.
Prügel zaubern Regenbogenfarben.
Der Mensch ist bunt.
Ein Gekritzel, platt an der Wand.
Das ist die ganze Kunst.

Im Eisenschrott

Im Eisenschrott in Träumen aus Rost
fand ich dich

verloren in meinen Händen
ist das dein Gesicht, deine Schulter, dein nächtliches Haar?

Finstere Flamme, und dein Mund ist Schlaf
wie konnten die Jahre deine Augen vergessen
und steigen höher um dich

grau, dünn und weiß
im kommenden, gehenden Wind

fand ich dich
wund das Gesicht, die offenen Hände

Auch sie. Auch sie. Er
ist nicht wach, er schläft nicht
Er ist nicht hier, nicht da

Nur vereinzelte Schüsse

Er setzt sich hin, er steht auf
Er sieht seine Hände an, ihr Blut
wurde weiß

Feuerpause, in Kraft getreten

Mit der Zeit war sie nur noch ein lastender Leib
Augen, nutzlos

Fünf wurden getötet als ihr Fahrzeug

Mund, will etwas sagen
Unverständlich

Wen wird er auf seinen Händen tragen?
Wem wird er zu essen bringen?
Ein Erdbeben zerstörte – wie wird er
leben ohne diese Qual?

Das Feuer wurde endgültig eingestellt.
Auf ägyptischer Seite fielen einzelne Schüsse.
Sein Schatten schrumpft immer mehr.
Schwer, dieses starke Licht zu ertragen.
Die Jugendstunden sind, wie lang! wie lang! verflossen.
Einst dachte ich, der Tod sei bloß ein Unfall.

Warum hast du mich verlassen? Dein Gesicht verborgen?
Wie wirst du reden ohne mich?
Es genügt nicht der Wurm, der Baum, der Staub. Immer mehr
verstricke ich mich zwischen meinen Worten und werde gering.
Unter den Schatten im Tal ist niemand mit mir
ich fürchte das Schweigen, verstricke mich in den Worten
ohne dich sehe ich nur meine Hände
sie sind zu schwer, mein erschöpftes Gesicht zu tragen
ohne deine Augen
wie die Kerze das Feuer suche ich dein Gesicht.

An diesem Abend

ich

schiebe den Schrank, das Bett, den Tisch
Schrank statt
Bett. Bett statt Tisch
Tisch statt Schrank, ich halte mich fest

am Strahl der Sonne, ihre Füße bluten

schließe den Schrank öffne das Bett
schließe das Bett öffne den Schrank
schiebe den Tisch an diesem Abend

Blutende Füße, blutende Hände
Gesicht voll Blut, Bauch voll Blut

Sey nu wider zu friden
meine Seele
denn der Herr thut dir guts.

Eine Hand in die Welt strecken wie ein Knecht
der das Knie seines Herrn festhält.
Laß mich ein Samenkorn berühren und einen Blattschatten
alles Atmende alles Durchlichtete, dieses Dunkel und jede
Fingerspitze
hallel

Ich sah viel, sah wenig. Jetzt
die Hand ausstrecken zum Nahen, Gesegneten. Das Licht
senkt meine Augen in großer Stille, Winde unmerklich
ziehen über gepflügte Erde, Menschenfüße gehn leis vorbei
im Schmerz, der liebt. Lehne nicht ab. Wolle mich nicht
verschließen
in meinem Herzen. Ich strecke die Hand aus

Und im Nachttraum, wie erkenne ich ihn im Nachttraum
und der Sand sickert weiß, er sickert und häuft sich
was ich getan und nicht getan
und was ich zurückgab und nicht zurückgab
und was mir widerfuhr und nicht widerfuhr
und was ich erbat und nicht erbat
sein Gesicht, ich erinnere nicht, Gesicht und Stimme
hoch herunter zu mir
nicht hörbar im Traum, ich erkenne ihn nicht
der Ort ist dunkel, zu Tode ermüdet kam ich
an den Rand des Sichtbaren, Last auf mir, Berge
fallen auf das Gesicht, Steine, Steine, Stimmen
meine, nicht meine
unmöglich zu sagen: ich bin
Sterbens müd
und der Sand sickert weiß, sickert still, verschlingt
ich muß raus, zu ihm, und wenn ich krieche, muß raus
das ist nicht mein Ort

ich bin am Ort

Ich bin nicht der Mensch

Ich bin nicht der Mensch, den ihr sucht
ich ging durch Meer und Steine
diese Himmelsrichtung ist nicht für mich
bald blüht der Mandelbaum, bald
tanzen die Berge. Noch eine Stunde Geduld
ich bin nicht der Mensch. Die Glocke läutet
der schwere Vorhang hebt sich, der Schlaf
ist leicht auf den Lidern. Ich bin nicht der Mensch
in dieser Asche sucht ihr vergebens
ich bin nicht der Mensch, den ihr sucht

Durchgang

Einen Augenblick sind wir da
mit der Wolke, dem Stein.

Aus der Tiefe stiegen wir auf, zu preisen
die Berge und das sich scheidende Wasser.
Steiler Weg, Piniengeruch
und Schatten voll Vogellaut
in unserm Leib.

Gut ist es, zu warten, doch besser
weiterzugehen. Wer schlägt, wer
schlägt auf den Felsen. Die Erde währet ewiglich, aber
einen Augenblick sind wir da
mit dem Frost, dem Feuer
dem horchenden Stein, der flüsternden Wolke.

Wüstenginster

Wenn ich nicht spräche, wäre ich nicht
gehend im Staub, zu Staub
ruhend in einem kleinen Schatten, der Baum
wäre nicht da, wenn ich nicht sagte
weißer Ginster
klein, weiß, er beschirmt mich

Erde, ohne Stimmen, gute, warme
die Quellen versiegen

wenn ich nicht spräche
kein Mensch könnte hören
sehen, sagen
im flüchtenden Glanz:
»Wolke, klein und weiß wie die Hand des Menschen
der im Staub geht zu Staub
und spricht
geht vorbei«

Das letzte Abendmahl

Die Farben verblaßten.
Die Gesichtszüge verschwimmen.
Tempera auf Putz.
Andere Sachen beschäftigten den Maler. Aber
sie sitzen alle noch am selben Tisch
das Brot wird geschnitten, der Becher steht dort
dahinter ein lichtblaues Hügelland.
Wenn nichts mehr da ist
außer Wand mit Rissen und Flecken
und die Wand stürzt ein –
Simon war da, Jakob da, und die andern, für immer.
Wind geht über die leere Fläche
trägt die Farben weg wie Staub
wie Blütenstaub. Und wenn der Verräter verriet
der Verratene hängt nicht am Kreuz, ist nicht verloren.

Vor dir der uralte Regen
die Wärme im Rücken, du stehst und denkst
wie wenig Worte
braucht der Mensch fürs Leben
und denkst an einen, der sieht es
und an einen, sein Gesicht
ist Wind, und im abgefallenen
Laub, und dieser Regen
er schlägt ans Fenster

Himmel

Mit hingewendeten Augen
von jeher

Himmel
Himmel aus Seide
matt

Himmel entfaltet aus matter Seide
sagt man
Himmel aus matter Seide entfaltet unhörbar

Vogel nach Vogel kommt fremd nicht fremd
Entzücken der Erde
Baum an Baum geht auf in Blüte

Frühling. Frühling.

Sagt man. Bete.
Entzücken der Erde

Frühling. Frühling.

Himmel entfaltet aus matter Seide
Vogel nach Vogel

Und bis in den hellen Tag

Und bis in den hellen Tag
ist dieses Land voll Augen,
sie blicken von jeder Wand, gerinnen
auf jedem Tisch, Erinnerungen
kommen und gehn, fast ohne Laut.
Sieg Sieg
ist der Jubel der Großen, und still
geht der Briefträger am Haus vorbei.
Der Tischler sägt und hobelt, Heidenlärm
der Metzger, zufrieden, blickt seine Hände an
und wischt sie ruhig ab, Gesichter rollen im Wind
in die Gosse, geschält von den Schädeln
grau wie Zeitungspapier, triefend
von dunklem Saft, ein Hund leckt ihn auf.

Leg dein Gesicht in meine Hände, sieh, deine Lippen
zucken nicht mehr, du weißt nicht
was Hände vermögen

Du in der Sonne gehend

Du, in der Sonne gehend, denkst du
an die Zypresse, den Stein
zwei Tauben auf dem Dach, eine Hoffnung
in weit ausgestreckten Händen
Stimme des Menschen, den du liebtest
Laut vom Ende der Welt zum Ende der Welt

Nationalmuseum, Athen

Der Hingegangene grüßt
den Verbliebenen mit einem Händedruck.
Auf den Stelen, fast allen,
reicht dem Lebenden die Hand der Tote.
Nur diese beiden.
Keiner spricht.

Auf einem Grabstein vierhundert vor Christi Geburt
erscheint ein dritter: ein Hund.
Der Hingeschiedene, Schatten,
zeigt mit der freien Hand auf ihn.
Im jähen Lärm des Saals voller Leute
verbirgt sich stumm wie Marmor
ein dünnes Winseln.

Wildes Meer, versteint

(Museum für vergleichende Zoologie)

Verwunderlich alt ist das Gebäude.
Stickluft. Kaum Luft zu atmen.
Dinosaurus, König der Knochen,
blickt uns aus unendlich leeren Augen an.
Auch das Licht ist fossil.
Wir müssen weg, um jeden Preis
müssen wir weg hier.

Wildes Meer, Bewegung voll von Fischen
flüchtende, Kopf über Schwanz, in Knäulen,
vierzig Millionen Jahre lang.

Welche Stille.
Vor dem Sturm.

Auch dieses Jahr

Auch dieses Jahr wächst das Gras und sät sich aus
und was mit Namen benannt ist
auch dieses Jahr

die kleine Wolke steigt aus dem Meer
auch dieses Jahr

der Wind, der schließt und öffnet

gab und nahm
und was die
zerrissenen Augen

noch

sehen

Blaue Chrysantheme

Blaue Chrysantheme. Keine.
Diese eine, Chrysantheme
lichtblau zum Sterben. Herbst des Frühlings.
Kühler Sonnenuntergang der Frühe. Spiegelung einer
Insel.

Der Mann im Boot – hinausfahren, weit
aus dem vergeblichen Tod.

Eingeschlafen, Vernunft.
Empfindung, nicht erwacht.
Kein leichtes Flüstern geht auf dem Wasser.
Wenn der Wind sich sammelt
weiß weiß, gelb gelb, blau blau.
Seeadler, reglos schwebend
über der Wassergrenze, klar bis zum Grund.

Vogelgesang der Nacht vereist.
Mond scheint
nicht Mond. Weißes Blut
auf der nackten Erde.
Andere Nächte gab es nicht.
Kein Erinnern an Nächte, die uns Wohnung waren
durch Generationen vor Geburt der Berge.
Berge der Kälte, magere Bäume
und die Angst, die furchtbaren Sterne
über der unbedeckten Brust, mit Vogelaugen
und Leib aus Gesang liebten wir liebten
wieder und wieder
kein Erinnern

Als ich kam, war der Ort
voll Staub. Kein Anflug von Gras, kein Halm.
Ein paar graue Bäume
standen gehüllt
in Säcke aus Staub. Ich sah im Traum
die Flüsse meiner Jugend, die Wälder meiner Nächte.
Alles ist grün heut. Der Traum
voll Staub.

Während wir geschickt werden

Während wir geschickt werden, um zu fragen
ist der Auskunftgebende schon weg.

Uns wird gesagt: bitte eintreten
und das Haus ist zerstört.

Noch wird gesprochen
schon Sandgeflüster.

Der Feldherr

(Akropolis-Museum, Athen)

Der Blick des Feldherrn hat einen starren Glanz.
Er, in seinen Augen, ist unsterblich,
Grundbesitzer, er liebt es
Reden zu halten, *die Heimat* zwischen den Zähnen
wie saftiges Fleisch.
Ein sinnlicher Mensch, der Feldherr.
Der Tod – ein Gelage für ihn.

Der Knabe gegenüber wendet sich ab.
Fest verschlossene Lippen, weiß.
Die Augen weiß.
Das Blut ist ihm entflohen.
Der Leib entflohen.

Der große Feldherr blickt in die Weite hinaus,
in die Wüste, in die Ewigkeit
beschäftigt mit Plänen endgültigen Siegs.
Die Bronze hat Patina angesetzt.
Der Saalwächter wischt ihm den Staub von der Stirn.

Pietà Rondanini

Dein Kopf ist noch auf meiner Schulter, meine Hände sind noch
wo sind deine Hände?
Der Schrei ist noch im Stein. Noch immer
bist du es
der schwindet, entschwindender Leib, nein
nein
mein Sohn

Ein paar Worte
solang wir können
soll es uns zustehn, ein paar Worte zu sagen

Friede, nicht töten, nicht im Traum
dir im Schlaf noch
einen Gedanken sagen, Liebe

ohne Schmerz, es sei möglich
Herz, singt

Zeit, viel Zeit noch, zu sagen
Blatt, Wasser, Brot, Vogel
süß ist das Licht, im bitteren Licht noch
sagen, der Stille wegen, ich und du
nicht eilig, langsam langsam

Auf der Straße gehend

Ich schaute umher
hell ihr Gesicht, ging vorbei
an meinem Gesicht, den Händen, dem Rücken, an meinem Gesicht
das zurückblieb, Strauch ohne Vogel

Sommer

Sommer heißt die Dornen Feuer
im – man sage nicht – Himmel
dreht sich
wälzt sich die Sonne.

Versengte Felder. Hier, dort
grüne Flecken Mais
nicht verkrustete Wunden. Das ist die Wahrheit
man lüge nicht unter der Zunge, sie brennt
herausgestreckt unter dem – wie heißt er – Himmel

die Toten, man lüge nicht, die Toten
an jedem Tag mehr
blicken mit Augen – man sage nicht – toten
und lüge nicht. Die Witwen sind jung
die Ohren der Mütter hören schwer.
Unser Gesicht abgewandt. Das ist die Wahrheit, der Krieg
man lüge nicht, frißt
Sommer für Sommer
auf der todverrückten Erde, die träumt Blut.

Erlöschen

Jetzt, da die Feuer auf den Feldern erlöschen
die Luft ergraut
Lichtkälte geht von dir aus
es ist der letzte der zehn Tage:
eine Hand voll warmer Erde
ein Maß gerösteter Körner

Zugvögel deine Augen
Erinnerung Flügelschläge in deinen Augen

Schatten, länger
reichen groß in den höchsten Himmel
weiß machen wirst du den letzten Augenblick
im Dickicht verfangen sich die Hörner des Lichts
Finsternis, die du warst
Stummheit, in der du sein wirst
eine Stimme ruft die Tage
die wunderbaren, schrecklichen, wunderbaren

In der Wolke, im Rascheln

In der Wolke, im Rascheln, im trockenen Feuer
gehn unsere Füße. Ende
des Jahrs. Keine Stimmen
des Sommers mehr.

Bald wird man uns unter Bäumen entdecken.
Schritte des Jägers hörbar im Schatten.

Luft ohne Blätter liefert uns aus.

Unsere Augen halten noch Ast für Ast.
Gesicht der Sonne Kupferglanz im Nebel
einen Tag noch, zwei Tage
bis man uns blind unter Bäumen findet.

Meer

Wenn Mittagshöhe dich anblickt
ruft das Meer.
Hebe die Hand nicht. Es wird nicht geteilt.
Warum rufst du. Sein Glanz ist Schweigen.

Langsam hebst du den Kopf

in das Dunkel deines Sinnes
zweiartige Blendungen schlagen auf dein Gesicht.

Meer Meer Funken Funken
und du kennst nicht deine Augen.

Ja, die Farben

für Avigdor

Ja, die Farben, das Licht
nicht gut, aber
die Farben. Geruch der Farben
in der Luft
hinüber vom Weißen zum Schwarzen und wieder
vom Schwarzen zum Weißen und wieder
zum Schwarzen im Auge des Weißen, hier sein
zwischen, ja, den Farben
ich träume Farben
weißer als weiß, und schwarz, schwärzer als schwarz
o alle Farben
mit langsamen Augen verweilen unter den Farben
im Lauf, auf den Knien, blind

Pferd und sein Reiter

Reitend auf einem Pferd.
In den achtziger Jahren des zwanzigsten Jahrhunderts
was macht der Mensch auf dem Pferd?
Er ist langsam
sehr langsam.
Zurückkehren sinnlos.
Zeit in den Händen wie lockere Zügel.
Hinter ihm Mauern. Vor ihm Mauern.
Spitze Zäune, vereinzelte Lanzen.
Der Himmel ist ein dunkler Schlund.
Das Licht des Landes blaß wie der Tod.
Und ich bin nicht
aber spreche.
Woher reitet der Mensch auf dem Pferd?
Wohin reitet der Mensch auf dem Pferd?
Sinnlos neue Syntax zu erfinden.
Pferd und sein Reiter, unterdessen.
Er ist nicht vorangekommen, keinen Schritt.
Nicht von hier nach hier.
Sinnlos zurückzukehren in diesem Licht.
Er blickt nach vorn.

Seid gegrüßt, habt Dank

Seid gegrüßt, habt Dank
daß ihr gekommen seid. Was ist
des Menschen Leben allein
mit seinem bösen Herzen
dem ermatteten Herzen, den verwilderten Augen
werden wir eine Weile sprechen, leben
wie im Märchen, tauschen
einige Worte, sagen
Schalom, Schalom
das Wasser blüht. Das ungeteilte Brot.
Ja. Ich war. Hier. Wir alle. Ja
habt Dank.

Eine schwangere Frau, Phönizierin

Mitten in Jerusalem
in einem innersten Raum
im Würfel aus Glas
sitzt eine kleine Frau
die Hände auf dem Bauch
wartend in der Stille
auf den Schlag eines Herzens.

Sieben Engelzeichnungen von Paul Klee und ein Aquarell

1

Vergeßlicher Engel

Auch ich will gefallen
und fliegen à la mode.
Aber habe vergessen –
die Flügel stottern
ich bewege mich nicht.

2

Angriff

Nicht Lob, nicht Preis
nicht Anmut, nicht Weisheit.
Ich bin in der Mittnacht
im innersten Herz der Sonne.

3

Engelsam

Auf meinem Kopf eine Spur von Stein
und schon bin ich auf den Knien.
Versuche, in die Höhe zu kommen

bin ein Engel lohnt-sich-nicht.

4

Engel, noch häßlich

Ich bin, was ich bin.
Ein Instrument, will lobpreisen.
Herz, nicht gestimmt.
Fast nicht geschaffen. Ich bin nicht.
Ich werde schwarz
im Raum weiß und sauber.

5

Unfertiger Engel

Meine Augen aufgerissen. Ich sah nicht.
Auch mein Kopf, der erhobene, gebeugt.
Meine Flügel flattern: Feuer frißt.
Verworren und spitz, nach innen gewachsen –
ich taumle, schleppe mich hin
nicht vorbereitet.

6

Fast ein Engel

(angelus dubiosus)

Vollgepackt? Ich lade ab.
In Zweifeln brütend.
Erinnern an eine Botschaft – leuchtende Wolke –
ich hocke und grüble.
Augen aufgerissen wie Eulenaugen.
Die Pupillen brennen.

7

Es weint

Wolken waren meine Flügel.
Der Apfelbaum blühte in meinen Augen.
Jetzt liege ich
wie Tränen zu meinen Füßen.

8

Noch ein Engel

etwas Staub etwas Luft
etwas störrisch etwas zerbrechlich
etwas verwirrt Hand? Flügel?
gehe gebeugt glaube zu fliegen
etwas von hier etwas von dort
nicht überein schweigsam sprechend
atme und nicht komme wieder nicht wieder

immer noch nicht fertig geworden

1

Jetzt, am Ende
keine Ausflucht:
der Himmel ist blau.
Das Feld ist gelb.
Die Erde verschlingt.

2

Der Himmel ist blau.
Das Feld ist gelb.
Die Erde verschlingt.

Wessen Stimme spricht?

Anmerkungen zu den Gedichten

(Gen. = 1. Mose; Ex. = 2. Mose; Lev. = 3. Mose; Deut. = 5. Mose; 1 R. = 1. Könige; Eccl. = Prediger; Ps. = Psalmen; Cant. = Hohelied)

Der über den Tisch Gebeugte Vers 10: Ps. 120,2: Herr, errette mich vor dem Lügenmaul und vor der falschen Zunge.

Meine kleine Schwester Vers 1: Cant. 5,2: Ich schlief, aber mein Herz war wach.

Angelus Novus »Angelus Novus« ist ein Aquarell von Paul Klee, entstanden 1920, das Walter Benjamin 1921 erwarb und nach dem er eine von ihm geplante Zeitschrift benennen wollte. Benjamin schreibt zu diesem Bild: »Es gibt ein Bild von Klee, das Angelus Novus heißt. Ein Engel ist darauf dargestellt, der aussieht, als wäre er im Begriff, sich von etwas zu entfernen, worauf er starrt. Seine Augen sind aufgerissen, sein Mund steht offen, und seine Flügel sind ausgespannt. Der Engel der Geschichte muß so aussehen. Er hat das Antlitz der Vergangenheit zugewendet. Wo eine Kette von Begebenheiten vor uns erscheint, da sieht er eine einzige Katastrophe, die unablässig Trümmer auf Trümmer häuft und sie ihm vor die Füße schleudert. Er möchte wohl verweilen, die Toten wecken und das Zerschlagene zusammenfügen. Aber ein Sturm weht vom Paradiese her, der sich in seinen Flügeln verfangen hat und so stark ist, daß der Engel sie nicht mehr schließen kann. Dieser Sturm treibt ihn unaufhaltsam in die Zukunft, der er den Rücken kehrt, während der Trümmerhaufen vor ihm zum Himmel wächst. Das, was wir den Fortschritt nennen, ist dieser Sturm.« (»Zur Aktualität Walter Benjamins«, Frankfurt a. M. 1972, S. 130)

Mein Gedicht, das sich auf diese Betrachtung Benjamins stützt, hat nicht den Engel der Geschichte zum Gegenstand, sondern meinen eigenen.

Diese Stadt 1 Vers 9: Das hebräische Wort *nezzach* bedeutet sowohl Glanz wie auch Blut und Ewigkeit.
Vers 11: Jerusalems Tore springen der Legende nach auf, wenn der Messias einzieht.
Vers 13: Lev. 13,24: Oder wenn jemand auf der Haut eine Brandwunde bekommt und das wilde Fleisch in der Brandwunde erscheint als weißrötlicher oder weißer Fleck [. . .].

Diese Stadt 2 Vers 11: Cant. 5,2.

Danach 2 Vers 12–14: Das Zitat stammt aus einem Gedicht von Lea Goldberg.

Maryan Maryan war ein Maler, dessen Namen, um ihn nicht in Vergessenheit geraten zu lassen, Pinchas (Pini) Borstein, 1927–1977, sich zulegte. Pinchas Borstein-Maryan überlebte das Todeslager Auschwitz, über das er in einer Kurzbiographie, anläßlich einer großen retrospektiven Ausstellung seiner Bilder, schrieb: »Ein Jahr später waren wir in Auschwitz. Was man dort mit uns machte, lasse ich Sie – sollten Sie es noch nicht wissen – erraten.« Das Bild, das das Gedicht in Sprache zu übersetzen versucht, ist ohne Titel und stammt aus dem Jahre 1979.

Auch sie. Auch sie vgl. in der letzten Strophe: Friedrich Hölderlin, »Das Angenehme dieser Welt« (späteste Gedichte).

Warum hast du mich verlassen? Vers 1: *hesster panim* – Verbergen des Antlitzes – ist ein hebräischer Ausdruck für die Abwendung Gottes von der Welt, für die Entziehung seiner Gnade, laut Deut. 31,18: Ich aber werde alsdann mein Antlitz gänzlich verbergen um all des Bösen willen, das sie getan [. . .].
Vers 5: Ps. 23,4: Und ob ich schon wanderte im finstern Tal, ich fürchte kein Böses, denn du bist bei mir [. . .].

An diesem Abend Vers 11: Ps. 116,7.

Eine Hand in die Welt Vers 5: *hallel* – die Preisung – heißen die Psalmen 113–118, die in der Liturgie zu Beginn jedes Monats und an den Feiertagen gesprochen werden.

Und im Nachttraum letzter Vers: Der Ort, hebräisch *hamakom*, ist einer der Gottesnamen.

Ich bin nicht der Mensch Vers 5: Ps. 114,4: Die Berge tanzten wie Widder.

Durchgang Vers 3: Ps. 130,1: Aus der Tiefe rufe ich, Herr, zu dir.
Vers 10: Eccl. 1,4: Ein Geschlecht geht dahin, und ein anderes kommt; aber die Erde bleibt ewig stehen.

Wüstenginster Vers 3: 1 R. 19,4: Er selbst aber ging in die Wüste, eine Tagesreise weit, und als er hingekommen, setzte er sich unter einen Ginsterstrauch. Da wünschte er sich den Tod und sprach: Es ist genug [. . .].
Vers 13: 1 R. 18,44: Beim siebenten Male aber sprach er: Siehe, es steigt eine kleine Wolke aus dem Meere auf, nur (so groß) wie eines Mannes Hand.

Das letzte Abendmahl Leonardo da Vincis Wandgemälde in Mailand.

Du in der Sonne gehend Vers 6: Drei Stimmen gehen nie verloren. Die Stimme eines Tieres zur Zeit seiner Niederkunft. Diese Stimme streift in der Luft umher und zieht vom Ende der Welt zum Ende der Welt. Die Stimme des Menschen zur Stunde des Auszugs seiner Seele aus dem Leib. Diese Stimme streift umher in der Luft und zieht vom Ende der Welt bis zum Ende der Welt. Die Stimme der Schlange zur Stunde ihrer Häutung. Diese Stimme streift umher in der Luft und zieht vom Ende der Welt zum Ende der Welt. (Aus dem Buch Sohar)

Auch dieses Jahr Vers 1 und 2: Gen. 1,11: Die Erde ließ sprossen junges Grün: Kraut, das Samen trägt nach seiner Art. Gen. 2,19: Da bildete Gott der Herr aus Erde alle Tiere des Feldes und alle Vögel des Himmels und brachte sie zum Menschen, um zu sehen, wie er sie nennen würde; und ganz wie der Mensch sie nennen würde, so sollten sie heißen.
Vers 4: 1 R. 18,44 (vgl. Anmerkung zu *Wüstenginster*).
Vers 6: Wind, hebräisch *ruach*, bedeutet auch Windrichtung, Luft, Atem, Seele, Geist.

Blaue Chrysantheme Aquarell von Piet Mondrian in New York.

Erlöschen Vers 10: Groß und geheiligt und gesegnet immer mehr wird dein Name, unser König – ein Vers, der häufig in verschiedenen Gebeten gesprochen wird und aus dem Talmud stammt (Jeruschalmi, Berachoth 14,1).
Vers 11: *lehalbin* – weiß machen – heißt im Hebräischen sowohl beschämen (das Gesicht weiß machen, erbleichen lassen) wie auch Sünden vergeben, auslöschen.

Meer Vers 3: Ex. 14,8: ... so daß er den Israeliten nachjagte, obwohl sie unter dem Schutz einer hocherhobenen Hand auszogen.

Pferd und sein Reiter Ex. 15,21: Singet dem Herrn, denn hoch erhoben ist er; Roß und Reiter warf er ins Meer. Das Gedicht bezieht sich auf das Fresko »Guido Riccio da Fogliano« von Simone Martini in Siena.

Tuvia Rübner über sich

Das Licht der Welt erblickte ich am 30. Januar 1924 in Bratislava, das auch Pozsony hieß und das wir Preßburg nannten. Neun Jahre war es für mich das Licht der Welt, vielleicht sogar etwas länger. Es verdunkelte sich, als man auch in Preßburg den Juden nachstellte und meine Schulfreunde mich plötzlich nicht mehr kannten.

Ich besuchte deutsche Schulen, solange ich Schulen besuchte: fünf Volksschulklassen und drei Gymnasialklassen. Die vierte – das deutsche Staatsrealgymnasium konnte von Juden nicht mehr besucht werden – absolvierte ich mühevoll in einem slowakischen Gymnasium. Dann war es aus.

Als ich 1947 den Lehrer Wurm besuchte, meinen Volksschullehrer, ich hatte ihn lieb, zog er aus der Schublade das Klassenbild hervor, wies auf ein Gesicht und sagte: Das war ein schlimmer Nazi, und der war auch unmenschlich grausam, dieser ist im Krieg umgekommen, und dieser lebt auch nicht mehr.

Der Lehrer Wurm hatte sich, als die Nazis die Slowakei beherrschten, als Ungar deklariert, um vom deutschen Schuldienst suspendiert zu werden.

1941 nahm ich am Bahnhof Abschied von meinen Eltern und meiner Schwester. Damals blieb die Zeit stehen. Nein, sie blieb es nicht. Weder Schwester noch Eltern, weder Großeltern, weder Verwandte noch die meisten meiner Jugendfreunde habe ich wiedergesehen.

Wir fuhren, eine kleine Gruppe aus der Jugendbewegung, über Ungarn, Rumänien, die Türkei, Syrien und Libanon nach Eretz Israel.

In Konstanza am Schwarzen Meer gab es lange Züge mit deutschem Militär. Die Soldaten riefen uns zu: Auf Wiedersehen in Palästina! Rommel stand damals in Ägypten. Das war das letzte öffentliche Deutsch, das ich für Jahre hören sollte.

Im Kibbuz Merchavia, wohin ich geschickt wurde, lernte ich

mein erstes Hebräisch. Unsere Jugendgruppe versuchte halbtags in der unerträglichen Hitze zu lernen, Bibel und anderes, halbtags verrichteten wir verschiedene landwirtschaftliche Arbeiten. Als Schafhirt hatte ich eine schöne Zeit.

Später begann ich an der örtlichen Mittelschule Literatur zu unterrichten, dann an einem Lehrerseminar, schließlich an der Universität. Jahrelang war ich überzeugt, anhand von Literatur – ich meine Sprachgeformtem – brächte ich Menschen dazu, ehrlicher zu denken, besser zu fühlen, sich weniger zu belügen und betrügen zu lassen.

In guten Augenblicken bin ich auch heute noch überzeugt, daß dies möglich sei.

Schon als Kind machte ich Gelegenheitsreime. Auch schrieb ich Gedichte ab, die mir besonders gut gefielen, und bebilderte sie, entweder mit eigenen Zeichnungen oder mit Bildern, die ich aus Prospekten von Reisebüros und Kunstzeitschriften ausschnitt. »Der Postillion« von Lenau aus dem Schullesebuch bewegte mich tief.

Weshalb bebilderte ich? Entsprang daraus meine spätere Lust am Fotografieren (Zeichnen konnte ich eigentlich leider nie)? Ich wurde Amateurfotograf, stellte in Israel, in Frankreich, in der Schweiz, in Italien aus.

Genügte mir die Sprache nicht? Weshalb muß ich mir auch heute immer wieder sagen, Gedichte seien vom Anständigsten, was es noch gibt, und Sprache sei die beste aller menschlichen Welten, wenn auch noch nicht die gute?

Zwölf Jahre, nachdem ich in das alte, in das neue Land gekommen war, schrieb ich deutsche Gedichte. Die meisten machte ich im Kopf, mit den Schafen auf der Weide, sagte sie mir vor und schrieb sie erst auf, als ich wieder im Zimmer war. Ich zeigte sie meinen Freunden, die ich vor allem dank den Gedichten gewann, Ludwig Strauss und Werner Kraft; sie fanden teilweise Gefallen an ihnen, übten teilweise Kritik. Davon lernte ich. Ich schrieb in einer Sprache, die ich kaum mehr sprach. Sie war mein Zuhause. In ihr sprach ich weiterfort mit meinen Eltern, mit meiner Schwester, mit den Großeltern, Verwandten, Freunden der Jugend, die alle kein Grab besitzen.

Dann wollte ich nicht mehr in meinem, wie ich meinte, »eigentlichen« Leben, in den Gedichten, in der Vergangenheit sein, auch wenn sie unvergangen war. Nicht um sie zu bewältigen – das ist sowohl unmöglich als unerlaubt –, sondern um mir ihr: zu leben. Ich begann hebräisch zu schreiben, ausschließlich, veröffentlichte eine Reihe von Gedichtbänden, Aufsätzen, Analysen, eine Monographie. Das ist leicht hingesagt. Hebräisch ist *nicht* selbstverständlich für mich. Es ist eine erlernte Sprache, aber auch eine gesprochene. Die persönliche Erfahrung, daß Sprache nicht mehr von sich aus gegeben ist, findet Stärkung in dem, was Julien Green meint, wenn er sagt: »Die Worte bilden eine Art Strömung, gegen die man unaufhörlich anschwimmen muß; wer ihrem Sog folgt, muß geradewegs scheitern, denn es wird unmöglich, nach langem Mißbrauch der Worte sie die Wahrheit ausdrücken zu lassen.« (Zitiert nach: Werner Kraft, »Julien Green, Dichter der Schwermut«)

Ist das der Grund dafür, daß ich wegen des Deutschen keine Bedenken habe? Noch immer klingt mir anders im Ohr als jeder hebräische Vers: Du bist mein, ich bin dein; Der du von dem Himmel bist; Liebes Kindlein, ach ich bitt, bet fürs bucklicht Männlein mit; Mit gelben Birnen hänget; Am Abend tönen die herbstlichen Wälder.

Hinzufügen muß ich folgendes: Sprache spricht immer nur ein einzelner, der an der Sprache, die er spricht, zu erkennen ist. Die vielen reden, quatschen, plaudern, brüllen, unterhalten und zerreden sich, grölen, johlen, bellen – sprechen nicht. Wer je einen Nazi oder Halbnazi gehört hat oder hört, weiß, was ich meine, wobei natürlich nicht alle vielen Nazis sind, jeder Nazi aber einer von vielen ist.

Ich habe aus dem Deutschen ins Hebräische übersetzt, aus dem Hebräischen ins Deutsche. Ich unterhalte mich an der Universität mit meinen Studenten über den Doppelgänger von Tieck bis Kafka oder über den Teufel und seinen Kumpanen bei

Marlowe, Goethe und Thomas Mann (und weiß immer noch nicht, warum Gretchen ihren Faust Heinrich nennt), über das Unbestimmte bei Büchner und Kleist. Schließt sich ein Kreis? Nein, er schließt sich nicht.

Tuvia Rübner – Veröffentlichungen

Gedichtbände:

Haesch baewen – Das Feuer im Stein, Tel Aviv 1957, (Sifriat Poalim)
Schirim limtzo eth – Um Zeit zu finden, Tel Aviv 1961, (Sifriat Poalim)
Kol od – Solange noch, Tel Aviv 1967, (Sifriat Poalim)
Mischirej Tuvia Rübner (Auswahlband), Tel Aviv 1966, (Sifriat Poalim)
Ejn lehaschiw – Unwiederbringlich, Antwortlos, Tel Aviv 1971, (Sifriat Poalim)
Schemesch chazoth – Mitternachtssonne, Tel Aviv 1977, (Sifriat Poalim)
Pessel umassecha – Bild und Maske, Tel Aviv 1982, (Hakibbuz Hameuchad)
Dikter (Auswahlband), ins Schwedische übertragen von Madeleine und Lars Gustafsson. Mit einem Vorwort von Lars Gustafsson

Gedichte in AKZENTE, Heft 2, April 1987

Lea Goldberg, eine Monographie, Tel Aviv 1980, (Sifriat Poalim, Hakibbuz Hameuchad, Universität Tel Aviv)
Lea Goldberg, Gesammelte Gedichte. Kritische Ausgabe in drei Bänden (Herausgeber), Tel Aviv 1973, (S. P.)
Lea Goldberg, Schriften. 7 Bände (Mitherausgeber), Tel Aviv 1972–75, (S. P.)
Ludwig Strauss, Schriften zur Literatur (Herausgeber), Jerusalem 1959, (Massad, Bialik)

Aufsätze und Essays:

Zu Kafka, Schlegel, Goethe, Tieck, Agnon, Awraham ben Jizchak (Abraham Sonne), Zum Lesen von Gedichten, Wie erkennt Dichtung? u. a. (in verschiedenen israelischen Zeitschriften)

Übersetzungen aus dem Hebräischen ins Deutsche:

Samuel Josef Agnon »Der Treuschwur«, Frankfurt/M. 1965, (Fischer) »Im Wald und in der Stadt« Zürich 1964, in »Schalom« (Erzählungen aus Israel, Diogenes) »Der Vorabend«, (unveröffentlicht)
T. Carmi »Die Kupferschlange«, St. Gallen 1964, (Tschudy-Verlag)

Übersetzungen aus dem Deutschen ins Hebräische:

Friedrich von Schlegel, Fragmente (Auswahl), Tel Aviv 1982, (Sifriat Poalim)
Johann Wolfgang von Goethe, Schriften zur Kunst und Natur (Auswahl), Tel Aviv 1984, (ebd.)
Ludwig Tieck, Kunstmärchen, Tel Aviv 1988, (ebd.)
Christoph Meckel, Gedichte
Franz Kafka, Aufzeichnungen

Nachbemerkung der Übersetzer

Die hebräische Literatur ist etwa 3000 Jahre alt. Schriftsteller und Leser haben es mit einer Sprache zu tun, die von der Bibel bis zur gegenwärtigen Umgangssprache reicht. In ihrem Resonanzraum wird immer noch vielfältige Überlieferung laut, etwa die Psalmen und das Hohelied, die hebräische Lyrik des Mittelalters in Spanien und Italien, die Aufklärungsliteratur des 18. und 19. Jahrhunderts, schließlich Poesie und Prosa der Einwanderer, die zu Beginn dieses Jahrhunderts aus europäischen Ländern nach Eretz Israel kamen. Je älter das hebräische Wort, desto reicher seine Bedeutungen und Konnotationen.

Dies liegt der Poesie Tuvia Rübners zugrunde. Er kam 1941 mit deutschen Gedichten ins Land, schrieb zunächst weiter Deutsch, lernte dann Hebräisch und veröffentlichte Jahre später sein erstes hebräisches Gedicht. Charakteristisch für seine Poesie sind Worte und Sätze aus Bibel, Gebet und rabbinischer Literatur, die, eingefaßt in heutigen Sprachgebrauch, nicht unmittelbar das Vielschichtige ihrer Bedeutungen erkennen lassen. Im Gedicht »Warum hast du mich verlassen« (S. 20) ist kein Wort, das dem Leser zeitgenössischer Poesie als willentlich archaisch erscheinen könnte. Das Gedicht ist auf selbstverständliche Weise modern, obwohl es aus biblischer Sprache gemacht ist. Tuvia Rübner baut seine Verse Wort für Wort (sie scheinen nicht im Strömen von Sprache entstanden). Das Wort wird aufgehoben, wie ein Stein ins Licht gehalten, geprüft und eingefaßt. »Der über den Tisch Gebeugte / setzt Buchstabe an Buchstabe / die Hände brennen« (S. 5). Im Zusammenklang seiner Wörter ergibt sich eine eigene lyrische Komposition, die frei von Konventionen des Reims und der Metrik ist.

Die Gedichte dieser Auswahl wurden folgenden Büchern entnommen: *kol od* (Solange noch), 1967; *ejn lehaschiw* (Unwiederbringlich beziehungsweise Antwortlos), 1971; *schemesch chazoth* (Mitternachtssonne), 1977; *pessel umassecha* (Bild und Maske), 1982. Die Gedichte »Und bis in den hellen Tag«, »Wildes Meer, versteint« und »Jetzt, am Ende« sind aus dem Manuskript übersetzt.

Ein Kriterium für die Auswahl der Gedichte war ihre Übersetzbarkeit. Es zeigte sich, daß Sprache und Bild, Schreiben und Sehen (und, weniger offensichtlich, auch die Musik) von Anfang an bestimmende Fundamente seiner Dichtung sind. Aus diesem Grund wurden zahlreiche Gedichte ausgewählt, die auf Motive der bildenden Kunst zurückgehen. Da Wort und Weise, und was durch sie aufgerufen wird, im Hebräischen und im Deutschen keine Parallele haben, in keiner Weise übereinstimmen, entschieden wir uns jeweils für eine Wortbedeutung. Die Übersetzungen wurden mit Tuvia Rübner besprochen. Übersetzer und Autor stimmten überein auch dort, wo das Gedicht im Deutschen vom Original abweichen muß.

Ein Beispiel: Im ersten Vers des Gedichtes »Blaue Chrysantheme« (S. 35) erscheint das hebräische Wort *charzith.* Dieses Wort, in den Anfangszeilen des Gedichtes verwendet, wird vom Dichter als zu scharf abgelehnt. An seine Stelle setzt er, in der zweiten Zeile, das lateinische Wort Chrysantheme. Der Austausch der Wörter selbst ist Gegenstand des Gedichts. Die Übersetzer aber haben nur das lateinische Wort Chrysantheme zur Verfügung. Im selben Vers kommt das Wort *ii* vor. Es heißt Insel, wird aber auch als Verneinungswort gebraucht. Der Satz *»bawu'ah schel ii«* bedeutet die Verneinung eines Spiegelbildes, aber auch »Spiegelung einer Insel«. Das Wort Wassergrenze in der letzten Zeile des Gedichtes entspricht dem hebräischen Wort *ssafah.* Dasselbe Wort heißt aber auch Lippe, Sprache und Ufer. Im Wortlaut des Gedichtes durchdringen sich zwei verschiedene Texte. Der erste Text handelt von Sprache, der zweite bezieht sich auf ein Aquarell von Piet Mondrian. Wir mußten uns für ein Gedicht entscheiden.

Die Übersetzungen entstanden von Juni 1987 bis Februar 1989.

Efrat Gal-Ed und Christoph Meckel

Inhalt

Gedichte

Anhang

Jehuda Amichai

Wie schön sind deine Zelte, Jakob

Gedichte

Aus dem Hebräischen von Alisa Stadler. Ausgewählt von Simon Werle. Mit einem Nachwort von Christoph Meckel. 168 Seiten. Leinen

»Bitternis durchzieht Amichais Gedichte, die dem auf den Kopf gestellten Sinn des Lebens im Krieg gelten; Bitternis auch in den Versen, den zahlreichen, die der Liebe zwischen Mann und Frau gewidmet sind. Und doch: Nie hat man den Eindruck, das alles wären die Verse eines Verbitterten. Eher trifft zu, was Celan einst notierte: ›Aber im (wirklich) Bittern ist schon das Nicht-mehr- und Mehr-als-Bittre.‹« Die Welt

Die Nacht der schrecklichen Tänze

Erzählungen

Aus dem Hebräischen von Alisa Stadler. 215 Seiten. Leinen

Amichai, international gefeiert als bedeutendster lebender Dichter Israels, wird hier dem deutschsprachigen Publikum als Prosa-Autor vorgestellt. Auch seine Erzählungen bleiben in ihrer Subjektivität und sprachlichen Dichte lyrischen Prinzipien verbunden. Amichais Figuren versuchen zu lieben, zu leben, den Tod zu überwinden. Wovon immer Amichai erzählt, von einer Bar-Mizwa-Feier, einer Nacht im Kibbuz mit zwei Soldatinnen, einem schrecklichen Frühling, einer verlorenen Liebe, vom Tod eines Freundes, vom Krieg – er erzählt auch eine heimliche Chronik Israels.

Abraham B. Jehoschua

Die fünf Jahreszeiten des Molcho

Roman

Aus dem Hebräischen von Ruth Achlama. 466 Seiten. Leinen

Der Tod seiner Frau hat den tragikomischen Titelhelden aus dem Gleichgewicht gebracht. Von seinen grotesken Versuchen, bei den verschiedensten Frauen einen festen Halt zu finden, erzählt Jehoschua mit ironischer Anteilnahme und höchst unterhaltsam. Dieser neue Roman des neben Amos Oz bekanntesten israelischen Schriftstellers war in Israel der Bestseller des Jahres 1988.

»Waren A. B. Jehoschuas Romane ›Der Liebhaber‹ und ›Späte Scheidung‹ sowie sein Erzählband ›Angesichts der Wälder‹ schon höchst einnehmende Exempel ihrer Gattung, so ist ihm diesmal – wozu im Deutschen unzweifelhaft die vorzügliche Übersetzung von Ruth Achlama beiträgt – mit ›Die fünf Jahreszeiten des Molcho‹ das Außergewöhnliche gelungen: Ein Roman von ergreifender Gefühlstiefe und überragender Stilistik.«
Süddeutsche Zeitung

»Jehoschua hat mit diesem ebenso heiteren wie tragischen Roman die Reihe seiner epischen Werke ›Der Liebhaber‹ und ›Späte Scheidung‹ erfolgreich fortgesetzt und mit der Geschichte vom Pechvogel Molcho eine liebenswert komplizierte, auf jeden Fall populäre Figur geschaffen.«
Die Welt

Anton Schammas

Arabesken

Roman

Aus dem Hebräischen von Magali Zibaso. 331 Seiten. Leinen

Der palästinensische Schriftsteller Anton Schammas entfaltet in seinem auf Anhieb berühmt gewordenen Roman die märchenhafte Saga eines arabischen Clans. Auf einer abenteuerlichen Wanderung zwischen Kulturen und Zeiten, spürt er den verschlungenen Weg seiner Familie nach, vom südlichen Syrien des letzten Jahrhunderts bis ins galiläische, christlich-arabische Fassuta, wo er zur Welt kam und aufwuchs. Israel schließlich hinter sich lassend, stellt er in Paris und den USA seine gefährdete Existenz auf immer neue Proben und offenbart schließlich das Ziel dieser reichen, lyrischen Prosa: es ist die Entdeckung, die Bestimmung, ja, die Geburt eines »Ichs«.

»Keinem Kritiker, der über Schammas schrieb, gelang es, ohne Vergleiche mit so verschiedenartigen Schriftstellern wie Proust, Marquez, Philip Roth und John Barth auszukommen – die Identität des arabischen Autors, von dem es in Israel heißt, er sei es, der die schönste hebräische Prosa schreibe, scheint dadurch noch schwerer bestimmbar. Doch für den Leser gewinnt Schammas eine außerordentlich präzise Beschreibung und Identität. Er ist ganz einfach der Autor von ›Arabesken‹!«

The New York Times Book Review

Piper